AF175993

Der Geisterzahnarzt von Inverness

Thomas M. Meine

Der Geisterzahnarzt von Inverness

Bibliografische Information der Deutschen Nationalbibliothek
Die Deutsche Nationalbibliothek verzeichnet diese Publikation in
der Deutschen Nationalbibliografie; detaillierte bibliografische
Daten
sind im Internet über http://dnb.dnb.de abrufbar.

© 2025 Thomas M. Meine
Verlag:
BoD · Books on Demand GmbH, Überseering 33,
22297 Hamburg, bod@bod.de
Druck:
Libri Plureos GmbH, Friedensallee 273, 22763 Hamburg

3. Auflage Juni 2025

ISBN: 978-3-7557-1202-2

INHALT

AN DIE DISTEL:

Für die Schotten bist du mehr als eine Blume
Du bist ein Symbol für große Stärke und Macht
Eingehüllt in Töne von lila und grün
Bist du die schönste Blume die ich je gesehen habe

Einige Leute sagen du wärst nur ein Unkraut
Aber wir Schotten kennen dich als mächtige Art
Du bist zart und doch stark und wagemutig
Und du bist uns mehr wert als Silber und Gold

Du wirst von den schottischen Herzen geliebt
Und du warst von Anbeginn an richtig
Mit den lila Köpfen und dem sehr stachligen Stiel
Du bist die prächtigste aller schottischen Juwelen

DER GEISTERZAHNARZT VON INVERNESS

I.

Fiona Mac Gill aus Drumnadrochit, etwa 15 Meilen von Inverness entfernt gelegen, ist eine bemerkenswerte, süße, lebenslustige, humorvolle, kluge und, vor allen Dingen, ziemlich reiche junge Dame. Abgesehen von Letzterem, gäbe es viele von ihnen, aber das ist nicht, was sie so speziell macht. Fiona behauptet, dass sie Geister sehen kann und keine Angst vor ihnen hat. Sie ist nicht blond, wie es die gälische Sprache andeutet (Fionn – blond, bleich), sondern hat langes rotes Haar, das sie weder von ihrer Mutter, noch von ihrem Vater haben kann: Seltsamerweise gab es auch keine rötlichen Haare in den Familien beider Großeltern.

Kein Wunder also, dass Gerüchte aufkamen, sie sei irgendwie untergeschoben worden. Die Tatsache, dass diese Gerüchte höchstwahrscheinlich von ihren jüngeren Brüdern Archie und Finley, in die Welt gesetzt wurden, mit ihren Erbansprüchen im Hinterkopf, ist nicht länger von Bedeutung. Beide sind zwischenzeitlich verstorben – oder ertrunken, um genau zu sein – und nach dem tragischen Unfall ihrer Eltern bei einem Hausbrand, wurde sie zur Alleinerbin eines beträchtlichen Anwesens und Vermögens.

Wenn wir gerade von Ertrinken sprechen: Drumnadrochit ist ein reizendes Städtchen in den schottischen Highlands und am westlichen Ufer vom Loch Ness gelegen (die Schotten bezeichnen alle nicht fließenden Wasserbecken als 'Loch'). Seit das Monster

Nessie gelegentlich seinen Kopf aus dem Teich steckt, ist es zu einem beliebten Ziel für Touristen geworden.

Für Jahrhunderte lebte der Clan der MacGills in Dochgarroch, näher an Inverness gelegen, der Hauptstadt der schottischen Highlands. Hier, am nördlichen Ende vom Loch Ness, fließt das Wasser durch Inverness und die Moray Firth in die Nordsee.

Eines Tages soll Archie MacGill, ihr Vater, gesagt haben, dass er den lokalen Pub nicht mehr mochte. Das veranlasste ihn – ein Mann, der ein paar Drinks in guter Gesellschaft gewiss nicht scheute – mit Frau und Kind wegzuziehen, um sich auf einem prächtigen Anwesen, ein paar Meilen weiter südlich den See hinunter, niederzulassen. Wahrlich eine seltsame Reaktion, die einige Leute veranlasste, zu sagen, dass dies nicht der wahre Grund für ihren Umzug gewesen sein konnte, als sie mit der kleinen Fiona in Drumnadrochit ankamen.

Einige Jahre später hatte Fiona ihrem Bruder Archie einen kräftigen Tritt verpasst, als sie, wie so oft, am Ufer vom Loch Ness standen und nach dem Monster Ausschau hielten. Er sank sofort hinunter und kam nie wieder zum Vorschein. Niemand glaubte dem Augenzeugen, der die Szene angeblich beobachtet haben wollte. Fiona? Niemals! Jeder weiß, dass Nessie ein Planktonfresser ist, und beide Brüder waren gute Schwimmer.

Der Loch Ness ist Teil des Kaledonischen Kanals, eine künstlich angelegte als auch natürliche Fluss- und-See Wasserstraße mit vier wunderschönen Seen dazwischen, Loch Lochy, Loch Oich, Loch Ness und Loch Dochfour, welche die Nordsee im Osten mit dem

Atlantischen Ozean auf der anderen Seite Schottlands, über die Highlands hinweg, verbindet. Das Wasser fließt in entgegengesetzte Richtungen, mit der Wasserscheide zwischen dem Loch Lochy, wo es Richtung Nordsee geht, mit der letzten Schleuse in Inverness, und dem Loch Oich, wo das Wasser zum Ende des Kanals und der Schleuse bei Fort William und dann in den Atlantik führt. Beide Ende sind auf gleicher Meereshöhe, aber auf dem Weg durch die Highlands müssen Höhenunterschiede überwunden werden, was nur durch zahlreiche Schleusen und Schwenkbrücken entlang des Wegs ermöglicht wird.

Das Projekt blieb eine Schnapsidee, zumindest was die wirtschaftliche Seite anbelangt. Für Touristen, die sich für fast 100 Kilometer quälen wollen, unter 11 Schwingbrücken hindurch und durch 29 einzel- oder mehrstufige Schleusen, eingeschlossen die 8 - stufige (!!) Schleuse bei Banvie, ehrfürchtig als 'Netuns Treppe' bezeichnet, wo man 90 Minuten braucht, um ein Stück voranzukommen, ist sie die prächtigste Wasserstraße der Welt, ungeachtet dessen, dass man gelegentlich Schilder mit der Aufschrift 'sofort zu verkaufen' sehen kann, die frustrierte Schiffsbesitzer in der Hoffnung angebracht haben, barzahlende Käufer für ihre Kähne zu finden.

Der untergegangene Archie hätte an der nahe gelegenen letzten Schleuse auswärts zur Nordsee hängen bleiben sollen, aber Fiona hatte alles gut vorbereitet. Obwohl der Loch Ness keine wesentliche Strömung hat, nur an der Oberfläche, wenn starke Winde das Wasser bewegen, und alles direkt auf Grund sinkt, ging sie kein Risiko ein. Die clevere Fiona weiß auch einiges über Bathymetrie – Studien der topgrafischen Form von Wasserbecken.

Über die Tiefe vom Loch Ness wird oft gestritten. Einige sagen 230 Meter, andere sprechen von bis zu 325 Meter. Da es zahlreiche Höhlen am Boden gibt, sind Messungen problematisch. Was die Gestalt der Seitenwände betrifft, so fallen diese abrupt und steil ab, vergleichbar mit einem Winkel von 75° eines stark geneigten Hangs, also beste Bedingungen ihren Bruder Archie zu fragen, einen nahe am Ufer stehenden Picknickkorb aufzuheben. Eine feste Schlinge ums Handgelenk, damit er ihn nicht verliert, dann ein überraschter Ausruf, 'schau her, Nessie kommt hoch', gefolgt von einem entschlossenen Tritt – so gehts! – besonders wenn man Ziegelsteine anstelle von Sandwiches eingepackt hat.

Ein Jahr später hatte Fiona den anderen Bruder, Finn, von dem von Touristen überfüllten Platz nahe dem Urquhart Castle weggelockt, um woanders, ohne lästige Zuschauer, ihr Glück zu versuchen. Sie hatte ihm etwas von einem Lederbeutel erzählt, gefüllt mit 'Schwert und Zepter' Stücken, Goldmünzen die sie in einer Vertiefung nahe des Ufers entdeckt hatte und zu schwer für sie waren, sie heimzutragen. Als er niederkniete, zog sie ihm eins kaltblütig über den Schädel und versenkte ihn, mit Steinen beschwert, im See. Es wäre doch schade gewesen, noch einen hübschen Picknickkorb zu verlieren ...

Zurück zu den Geistern: Das Gespenst von Canterville, bekannt aus dem Buch von Oskar Wilde und verschiedenen Hollywood Verfilmungen, war endlich 'richtig' tot und begraben. Nach Jahrhunderten wurde es davon erlöst, Geist spielen zu müssen. Doch in letzter Zeit spukt es wieder herum. Fiona wusste das von einigen persönlichen Begegnungen. Sie hatte aber nie eine große Sache daraus gemacht, wie sie engen

Freunden im Vertrauen sagte, weil sie meinte, dies würde nur einige Zeitgenossen enttäuschen, die immer noch fest an die endgültige Erlösung von Sir Simon de Canterville glauben.

Im Gegensatz zu ihrer Zurückhaltung bei Sir Simon wurde sie ziemlich offen und gesprächig, wenn sie ihre anderen Begegnungen dieser Art in lustiger Runde zum Besten gab.

Ihre grausamen Geschichten waren voll von Respektlosigkeiten gegenüber Geistern und den Untoten, die an reine Unverschämtheit grenzten.

Sie erzählt den Leuten, dass sie sich einst dem 'Mann ohne Kopf' spöttisch näherte und ihn fragte, warum er keinen Hut trägt. Bevor der verblüffte Geist Luft holen und antworten konnte, lachte sie nur und sagte, »weil du keinen Kopf hast, ihn aufzusetzen, du Trottel!«

Sie empfiehlt Geistern, die als reine Skelette herumspuken, doch endlich einmal nächtliche Besuche bei der Altkleidersammlung zu machen.

Flaschengeister werden angepöbelt, wenn Fiona ihnen empfiehlt, sich eine ordentliche Behausung zu suchen, solange sie noch das Flaschenpfand für ihren alten Unterschlupf zurückbekommen.

Als Studentin auf dem St. Leonards College in St. Andrews hatte sie in der Gruft der Kathedrale eine offene Flasche mit Chanel Nr. 5 zurückgelassen und laut bemerkt, »das ist, weil ihr diesen Platz nie lüftet, ihr Stinker!«

Kein Wunder also, dass es Geister vorziehen wegzurennen, sobald sie auftaucht. Manche geraten sogar in Panik oder fallen ohnmächtig zu Boden, oft nicht ohne einen dauerhaften und abstoßenden Fleck zu hinterlassen.

Lassen Sie uns nun zur eigentlichen Geschichte kommen: Eines Tages bekam Fiona arge Zahnschmerzen. Der beste Ort das in Ordnung bringen zu lassen, war das nahe gelegene Inverness. Sie konnte den Besuch mit etwas Shopping verbinden, was sie in letzter Zeit nicht getan hatte. Am nächsten Tag stieg sie in den Bus der 'Stagecoach in the Highlands', an der Station bei der Post. Die kurze, 30-minütige Reise brachte sie entlang des Ufers vom Loch Ness, an Abriachan vorbei, dann Lochend, das bedeutet 'Ende vom See'. Wenn man es genau nehmen will, würde das folgende, direkt daneben liegende Dochgarroch, der alte Wohnort der Eltern, das korrekte Ende markieren. Von dort führt die Straße über Craig Dunan direkt durch 'Inverness Leisure' mit dem Kings Golf Club nach Inverness hinein.

Am anderen Ende vom Loch Ness liegt das winzige Dorf Fort Augustus. Der Name kommt von der lokalen Befestigungsanlage, die nach William Augustus, dem Duke of Cumberland, benannt ist. Diesen kennt man, aufgrund seiner Grausamkeiten, auch als 'Schlächter von Culloden'.

Sie hätten auch diesen Ort 'Lochend' nennen können, aber halt! Nur eine Wurst hat zwei Enden (alles hat ein Ende, nur die Wurst hat zwei)'. Der Loch Ness ist aber keine Wurst, sondern ein See, in den das Wasser hinein- und wieder herauskommt. Er hat also, genauer gesagt, einen Anfang und ein Ende.

Lange Zeit diente das Fort als Benediktiner-Kloster, und nahe dabei findet man eine 5-stufige Schleuse als Teil des Kaledonischen Kanals.

Im Augenblick denkt Fiona nicht über all das nach, als sie an der Farlane Park Bushaltestelle, am Ende der Margaret Street in Inverness, aussteigt. Zunächst lief sie ein wenig verwirrt herum. Nirgends ein Schild das auf einen Zahnarzt hinweist. Sie macht Besorgungen immer seltener selbst und kommt nur noch sporadisch herum, was ihren Orientierungssinn ein wenig verschlechtert hat. Der letzte Besuch beim Zahnarzt lag auch eine ganze Weile zurück. Auch die Leute, die sie fragte, waren wenig hilfreich. Fiona, die zu einem Drink ab und an nicht Nein sagt, entdeckte einen schönen Pub und ging hinein, um sich eine Pause zu gönnen …

II.

… nach einer Weile setzte sie ihre Suche fort, und, nach einem langen und ermüdenden Marsch, kam sie, wie von Geisterhand, in eine verwahrloste Gegend hinein, die sie noch nie zuvor gesehen hatte. Als sie weiterging, fand sie sich vor einem heruntergekommenen Haus wieder, wo alles drum herum leer stand. Es erschien er recht seltsam, aber da hing ein Schild 'Dental-Chirurgie', nicht 'Zahnarzt', sondern 'Dental-Chirurgie'. Vielleicht ist das nicht der richtige Platz, dachte Fiona. In ihrem Fall sollte es sich um eine kleinere Sache handeln, ein wenig Karies – wie 'caries', lateinisch für verfault. Das Wort wurde von den Römern auch für den Geschmack von abgestandenem Wein benutzt. Sie dachte an ihren Weinkeller – nur Flaschen bester Qualität, obwohl sie ein Glas Whisky vorzog – zunächst heimlich, und dann, nach dem Tod

13

ihrer Eltern, bequem im Wohnzimmer. Sie erinnerte sich an die Polyphenole, die man im Rotwein findet und Karies vorbeugen. Sie stoppen den Wuchs von Bakterien, was sich in gesündern Zähnen, weniger Zahnstein und einer geringeren Neigung zur Ausbreitung der Bakterien beiträgt.

Ein recht ansehnlicher Weinbestand konnte von dem Feuer in ihrem Elternhaus gerettet werden, weil das Kellergeschoss intakt blieb, nachdem ihr eine brennende Kerze, ausgerechnet vor dem elterlichen Schlafzimmer, aus der Hand gefallen war. Der alte Diener, den sie am Tag des Feuers nach Edinburgh geschickt hatte, blieb nach der Katastrophe bei ihm. Seine regelmäßigen 'Kontrollen' im Weinkeller lassen den Vorrat stetig schrumpfen, vielleicht ist das der Grund, dass er so selten einen Zahnarzt vors Gesicht bekommt und nicht gleich wusste, wo genau sie einen finden konnte.

Aber all ihr Lateinwissen und andere Weisheiten waren für sie im Moment nutzlos, nicht einmal als Ablenkung – sie musste dringend ihren Zahn behandeln lassen. Also ging sie durch die Vordertür in das verfallene Haus, trotz aller Bedenken und des recht seltsamen äußeren Erscheinungsbilds.

Alles erschien ihr zunächst recht beengt, aber oben sah der Ort geräumiger aus, obwohl ein wenig düster und muffig. Es gab einfache Stühle und Tische im Wartezimmer; mehrere Flaschen standen auf einem Regal an der Wand. Im trüben Licht konnte sie diese nicht genau erkennen und ging dichter heran. Beim Näherkommen erwies sich die Flaschenansammlung als eine Auswahl von bestem Whisky. In ihrer augenblicklichen Situation würden ihr ein Glas oder

14

zwei zweifelsohne guttun. Obwohl es nicht gerade ein Zeichen guten Benehmens für eine junge Lady ist, sich ohne zu fragen selbst zu bedienen, konnte sie nicht widerstehen …

Allem Anschein nach gab es in der Praxis niemanden außer ihr, also machte sie mit einem lauten 'Hallo' bemerkbar.

Es dauerte nicht lange, bis sie einem Flattern im spärlichen Licht gewahr wurde, etwas Blaues schwirrte herum, und seltsame Vibrationen erfüllten den Raum.

'Lebt hier etwa ein untotes Stinktier?', dachte sie.

'Aber das kann nicht sein! – oder doch?

Langsam löste sich der blaue Nebel auf, und es erschien, zunächst verschwommen, aber dann mehr und deutlich, ein zerfledderter weißer Kittel. 'Das Nächste, das kommt, wird ein Geist sein', dachte sie sich, da Stoff, wie Nachthemden oder Laken, immer zuerst gesehen werden, bevor die Gestalt erscheint. Das hängt mit der üblichen phantasmagorisch-physischen Abfolge in der Materialisierung zusammen.

Und ja, in der Tat, es erschein ein untotes Stinktier, wie Fiona gerne die Geister nannte.

Es war ein widerlich anzusehender, höchst unattraktiver Geist. Der sich zersetzende Stoff war dicht um sein abgemagertes Skelett geschwungen, das nur noch oberhalb des Beckens intakt war. Darunter schlitterte alles frei herum. Das Gesicht war nur noch ein verschleierter Schädel, seine Hände hatten nur noch vier knorrige, klauenhafte Finger. Aber das kam Fiona nicht ungewöhnlich vor, angesichts dessen, was sie bereits alles gesehen hatte.

Sollte das etwa der Zahnarzt sein? Jeder andere wäre längst in Ohnmacht gefallen oder zusammengebrochen, aber Fiona hatte dafür nur ein müdes Lächeln übrig. 'Ein Geisterzahnarzt?', fragte sie sich. Die Krankenkassen zahlen kaum noch für etwas – aber wollen sie Patienten hier in Schottland mit einem umherlaufenden Hologramm täuschen und sie glauben machen, dass sie eine kostensparende Zahnbehandlung bekommen? Nein, der Zahnarzt schien echt zu sein, wenigstens als Geist – aber ein sauberer Kittel wäre angebrachter gewesen.

»Hallo«, sagte sie und hörte dann seine sonore Stimme, *»Thig a-steach«*. Das war Gälisch und bedeutet 'kommen Sie herein'.

»Sofort«, antwortete sie in Englisch, sie war nicht in der Stimmung für gälisches Geplapper.

»Tha mi duilich, dè?« (Verzeihung, was?), kam es zurück, als würde er ihr Englisch nicht verstehen.

Um höflich zu sein, antwortete Fiona mit *»Sa bhad, tha mi a' 'tighinn«*, anstelle zu sagen, 'Sofort, ich komme'. Dann nochmals in einer lauteren Stimme, *»Sa bhad«* – sofort.

Völlig verblüfft starrte er sie an und sagte: »Sie sind überhaupt kein Geist, der als Patient hierher kommt, aber eine echtes und lebendes, wunderschönes Fräulein. Sie hätte das Schild draußen gar nicht sehen, geschweige ins Haus kommen dürfen.«

»Sie müssen besondere Eigenschaften in ihrem Blut haben«, fuhr er fort. »Wie ist es Ihnen gelungen, hereinzukommen? Und außerdem scheinen sie überhaupt keine Angst zu haben.«

»Ich, Angst vor Geistern? Höchstens vor dem Zahnarzt«, antwortete Fiona. Sie nannte ihn auf Gälisch 'Fiaclair', in der Hoffnung, ihn ein eine freundlichere Verfassung zu bringen. Aber damit lag sie völlig daneben.

»Lannsair Fiaclaire«, antworte er protestierend, 'Dental-Chirurg'.

Die Unterhaltung mit dem Geist gestaltete sich schwierig. Schottisches Englisch wurde im 18. Jahrhundert zum Standard, aber dafür war er zu alt. Scots, das die Struktur der englischen Sprache beibehielt, wurde seit dem 15. Jahrhundert gesprochen. Gälisch war die Sprache bei Gründung Schottlands und hat bis in die heutigen Tage überlebt.

Ich will aber dem Leser fortan das ständige Hin-und Her zwischen den Sprachen ersparen.

»Dental-Chirurg«, fuhr sie fort, »hatten sie so etwas schon in jenen Tagen?, fragte sie amüsiert. Und überhaupt, was und wo haben Sie studiert?«

»Zunächst bin ich als Barbier ausgebildet worden, im Maclead-Barbierladen in Edinburgh«, erklärte er, »bis mich ein Kunde wegen eines misslungenen Haarschnitts totgeschlagen und meine Seele auf ewig verflucht hat.«

»Da meine Beine vom ständigen Stehen hinter einem Barbierstuhl ziemlich abgenutzt waren, haben sie es nicht geschafft, Teil meiner Geistergestalt zu werden, und werden im Moment in einem Schrank in der Geisterwelt aufbewahrt.«

»Nebenbei bemerkt, was haben Sie mit 'in jenen Tagen' gemeint«, fuhr er fort, »für wie alt halten Sie mich?«

»Ungefähr fünfhundert Jahre«, antwortete Fiona, ohne groß zu überlegen.

»Das kommt ziemlich nahe«, sagte er mit großem Erstaunen auf seinem Gesicht.

»Damals haben die Barbiere auch Zähne gezogen, aber keine Füllungen gemacht. Wir haben mit Whisky betäubt, und in härteren Fällen mit einem Holzhammer.«

»Ich bin zunächst viel gereist, habe hier und da gespukt, zuletzt am Loch Ness, bis dort im Jahre 1933 der Massentourismus einsetzte, nachdem es jemandem gelungen war, ein Foto von Nessie zu schießen, gerade als es aus den Höhlen auf dem Grund hochkam und oben herausschaute. Oh, wie bin ich froh, dass ich mich heute dort nicht mehr aufhalte! Überall Japaner, die das Monster mit Fish und Chips anlocken. Sie versauen das Ufer und ziehen Ratten an. Wenn sich die Nager zeigen, fangen Sie mit ihrer üblichen 'Fotografiererei' an. Einer der Japsen ist einmal bei einem Selfie mit Ratte rücklings in den Teich gefallen. Glücklicherweise kam er sicher wieder ans Ufer, begleitet von eifrigem Händeklatschen und tiefen Verbeugungen seiner Landsleute.«

»Die Deutschen kommen vorbei und halten lange Vorträge. Sie lehnen die Existenz des Monsters kategorisch ab und nennen es Unsinn. Sie haben sogar herausgefunden, dass sich ein einzelnes Ungeheuer nicht vermehren kann und aussterben muss – richtige Spielverderber, bis wir sie in unseren Pubs abfüllen. Und dann schwören sie, dass sie Elvis mit einem Dudelsack gesehen haben.«

»Oh, ja, die Holländer nicht zu vergessen. Sie können ohne ihre Fahrräder nicht leben, nicht einmal hier im Urlaub. Sie stürmen den 'Inverness Bike Hire', den Fahrradverleih in Inverness, achten nicht auf den Linksverkehr, hängen stundenlang an den Plätzen herum und verzehren ihr Essen, das sie von zu Hause mitgebracht haben.«

»Ich hatte die Schnauze voll von alledem und mich an meinen alten Beruf erinnert. Ich habe unsichtbar in Universitäten herumgesessen, war bei den zahnmedizinischen Vorträgen zugegen und habe dabei viel gelernt, bis ich mich schließlich als Dental-Chirurg qualifizieren konnte.«

»Haben Sie ein Examen abgelegt?«

»Ich habe die Examensfragen verfolgt und die Antworten mitgeraten, so wie die Leute, die sich Quizshows im Fernsehen ansehen.«

»Im Moment kümmere ich mich hauptsächlich um schottische Geister, aber gelegentlich empfange ich auch Gespenster, die aus England hochkommen, oder sogar aus anderen Teilen der Welt.«

»Sagen Sie mir, haben Sie denn überhaupt keine Angst?«

»Meine Güte!«, antwortete Fiona. »Ich habe schon eine Menge Geister gesehen, und sie haben eher vor mir Angst, nicht umgekehrt. Übrigens«, fügte sie hinzu, »wie ist denn ihr Name Herr Dental-Chirurg?«

»Armstrong, mein Name ist Armstrong. Die Armstrongs sind ein sehr berühmter Clan hier in Schottland. Unsere Reputation ist weithin bekannt unter den 'Border-Reivers', Räuberbarone und Banditen, die vor Jahrhunderten ein ziemliches Chaos in der an England angrenzenden Border-Region angerichtet haben. Neil Armstrong, der erste Mann auf dem Mond, ist einer unserer Nachkommen, worauf wir alle sehr stolz sind, obwohl bestimmte Leute behaupten, das sein alles nur in Hollywood-Studios gefilmt worden.«

»Wie wäre es denn, wenn sie mir erst einmal meine Zähne untersuchen und sagen, was kaputt ist?«, unterbrach Fiona ungeduldig.

»Ich kann Sie nicht untersuchen, geschweige denn behandeln. Sie sind aus Fleisch und Blut. Nein, das ist nicht möglich – nein, überhaupt nicht.«

»Und wie könnte ich die Rechnung eintreiben?'«, murmelte er noch laut vor sich hin.

»Wenn ich so nachdenke, wie könnten Sie das überhaupt abrechnen?«, fragte Fiona. »Bezahlt die Geisterkrankenkasse dafür, vielleicht mit Gold und Juwelen, die über Jahrhunderte aus den Schlössern verschwunden sind?«

»Nichts dergleichen. Das geht mit einem Bonussystem, wie bei anderen erbrachten Dienstleistungen, wie Auftritte bei Spukereignissen oder bei Aushilfe als Wasserleiche. Aber das verstehen Sie ohnehin nicht.«

»Nun, in dem Fall kann ich Sie wieder verlassen«, sagte Fiona. »Auf Wiedersehen, Herr Dental-Chirurg.«

Armstrong unternahm keine Anstrengungen, ihr zu antworten, und schaute nur finster drein.

Sie protestierte erneut, erst auf freundliche Art, aber danach wurde sie immer bockiger.

Der Zahnarzt schien nun sehr verlegen zu sein und blieb zunächst still.

»Es gibt da ein Problem«, kam er schließlich heraus. »Ich kann Sie jetzt nicht gehen lassen. Sie kommen hier im Moment nicht raus. Lassen Sie uns morgen darüber reden.«

Damit löste er sich auf und verschwand.

III.

Fiona wurde schmerzhaft bewusst, dass sich das alte und verlassene Haus mit der Zahnarztpraxis in einer heruntergekommenen und verlassenen Gegend befand. Die Straßen waren leer, und der Verkehr mied offensichtlich den Bereich. Als sie aus dem Fenster sah, konnte sie eine verfallene Ruine sehen, die einst ein Wachturm war.

Der Abend war gekommen. Sie war allein und eingeschlossen; die Türen nach draußen waren fest gesichert, die Fenster verbarrikadiert. Sie machte es sich bequem (und genehmigte sich ein Glas) und wartete, was passieren würde, nachdem Armstrong gegangen war – Verzeihung, sich aufgelöst hatte.

Plötzlich bemerkte Fiona wieder die seltsamen Vibrationen. Armstrong kam zurück, aber das erste, was erschien, war kein zerfledderter Kittel, sondern ein mittelalterliches Gewand.

»Sie schon wieder«, sagte sie. »Das da drüben ist mein Domizil«, bemerkte er, als er neben ihr stand und auf den maroden Turm zeigte. Er sah sofort, dass sie sich über seine Kleidung wunderte. »Ich fühle mich damit bequemer, und außerdem, ich kann sie ohnehin nicht behandeln.«

Fiona blickt auf und betrachtete ihn genauer. Seine frühere Gestalt konnte bestenfalls erahnt werden, aber keinesfalls konnte er sie erschrecken, verglichen mit anderen Erscheinungen, denen sie bereits begegnet war. Er war noch in einem Stück, wenigstens vom Becken aufwärts. Viele spukende Geister sehen weit schlimmer aus, wenn ihre Leichname geviertteilt oder den Raben überlassen wurden. Seine übliche Bekleidung – die weißen Lumpen, die er gewöhnlich um sich wickelt ... wären einer Vogelscheuche nicht würdig gewesen; vielleicht hat er nichts anderes gefunden, was ihm als Zahnarztkittel hätte dienen können.

Der Geist verbeugte sich höflich und machte der schönen Fiona Komplimente. »Wenn ich nicht schon siebzig wäre, könnte ich mich auf der Stelle verlieben.«

»Fünfhundert«, korrigierte Fiona, die keine weitere Notiz von der Bemerkung nahm.

»Sie haben recht. Mary Stuart war noch nicht geboren worden, als ich bereits das Rasiermesser geschwungen habe. Heute ist sie eine meiner Patientinnen. Sagen Sie, konnten Sie mein Alter wirklich so genau schätzen, oder war das reines Glück?«

»Wie ich Ihnen bereits sagte, habe ich ein wenig Erfahrung mit verfaulenden Geistern – der Anblick, der Geruch … «

Sie bemerkte das Whiskyglas in seiner Hand, das er bis zum Boden mit einem Schluck austrank.

»Nun, zunächst einmal wünsche ich Ihnen einen Guten Abend«, fuhr Miss Fiona fort. »Wollen Sie sich nicht setzen?«

Armstrong nickte mit dem Kopf anstatt etwas zu sagen und leerte sein Glas, das auf mysteriöse Weise nachgefüllt worden war.

»Danke«, sagte Fiona, »bitte setzen Sie sich. Ich muss ernsthaft mit Ihnen sprechen.«

»Wie bitte?«, antwortete er.

»Bitte setzen Sie sich«, forderte ihn Fiona zum dritten Mal auf.

Der Geist schwebte hinüber zu einem altmodischen Stuhl und senkte sich hinein.

Die Situation erschien äußerst angespannt, und sie beäugten sich ohne ein Wort zu sagen, bis Fiona das Schweigen brach. »Haben Sie die Absicht, mich ewig hierzubehalten? Es war auch nicht schön von Ihnen, mich hier sitzen zu lassen und zu verschwinden, besonders wenn ich dermaßen eingesperrt bin. Schreien hilft mir nicht, denn es scheint niemand in der Nähe zu sein, der mich hören kann.«

»Da Sie mich ohnehin nicht behandeln können, sollten Sie mich auf der Stelle gehen lassen. Ich werde nicht über das sprechen, was ich hier erlebt habe, genauso, wie ich nichts über andere Begegnungen mit Geistern gesagt habe«, log sie ihn an. »Ich habe noch nicht einmal erwähnt, dass das Gespenst von Canterville immer noch existiert – oder wieder existiert, wenn Sie so wollen – «, log sie wieder unverfroren.

»Ich würde ein zu großes Risiko eingehen«, antwortete Armstrong. »Ich könnte wieder am Loch Ness herumstehen und als Pausenfüller zwischen den Erscheinungen von Nessie dienen, mitten unter diesen lästigen Touristen. Nein, ich habe noch nicht beschlossen, was ich mit Ihnen mache.«

»Ich nehme an«, fuhr Fiona fort, »dass sie es schwer finden würden, einer Lady einen Wunsch zu verweigern.«

»Oh, das wäre ziemlich unmöglich«, kam die Stimme des Geists in altmodischer Galanterie, »besonders bei einer liebreizenden Kreatur wie eine, die wir hier sehen. Wenn ich nicht schon siebzig wäre ... «

» ... fünfhundert«, unterbrach Fiona.

»Alles«, fügte er in einem ernsteren Ton hinzu, um zu ihrer Frage zurückzukommen. »Alles, was vernünftig ist, natürlich.«

Fiona zeigte ihr überzeugendstes Lächeln. »Sehe ich etwa aus wie jemand, der nach unvernünftigen Dingen fragt?«

»Ich bin mir sicher, dass nichts, was sie verlangen könnten, unvernünftig wäre«, antwortete der Geist mit solcher Galanterie, dass Fiona das beunruhigende Gefühl hatte, ihre Identität zu verlieren, denn mit einem Geist zusammenzusein, der ihr solche Komplimente macht, gab ihr das Gefühl, selbst einer zu sein. Aber bald hatte sie sich wieder im Griff.

»Nun, wie ich schon sagte, Sie können mich nicht behandeln, und ich bin mir sicher, dass Sie bald Besuche aus ihrem normalen Kundenkreis bekommen. Ich verspreche noch einmal, nicht über das zu sprechen, was hier passiert ist.«

Er schien ohne Worte zu sein und schluckte aufgeregt drei weitere Gläser voll von Whisky in schneller Folge herunter.

»Warum«, fragte Fiona, »erscheint es mir so, dass Sie immer damit beschäftigt sind, zu trinken?«

Plötzlich wurde Armstrong ganz nachdenklich:

»Vor langer Zeit hatte ich einmal im Haus von Lady Nairn herumgespukt und bin betrunken umgefallen. Ich hatte ein paar Gläser Rotwein zu viel, als ich auf ihre Gesundheit getrunken habe. Die Gäste, die ich zu Tode erschrecken sollte, hatten sich schnell erholt und konnten nicht mehr aufhören, über mich zu lachen. Seit dieser Zeit muss ich trinken, immer wenn ich in Gesellschaft von Menschen bin, wie Sie. Das sind die Regeln meiner Geistervereinigung.«

»Sagen Sie mir etwa, dass sie nicht aus eigenem Entschluss aufhören können?«

»Nur wenn *Sie* es wünschen würden, schönes Fräulein«, antwortete er mit all seiner altmodischen Höflichkeit. »Wenn ich nicht schon siebzig wäre … «

» … fünfhundert«, unterbrach ihn Fiona erneut.

»Und was mich angeht«, sagte Fiona, die sofort wieder auf den Punkt kam, was den Geist anscheinend sehr unsicher machte. »Welchen Nutzen könnte ich hier für sie haben.«

»Nützlich zu was? Nun, vielleicht als Praxishilfe?«, sagte Armstrong.

»Ach, das sagt man heute nicht mehr«, protestierte Fiona. »Das sind ausgebildete Fachleute und werden heutzutage als 'zahnmedizinische Assistenten' bezeichnet, obwohl – wenn ich darüber nachdenke – für einen Barbier würde es reichen, sie Praxishilfe zu nennen.«

»Dental-Chirurg«, protestierte Armstrong erneut.

»Mit selbst ausgestelltem Prädikatsexamen«, sagte sie verächtlich. »Aber sagen Sie mal«, drängte sie ihn weiter, und brachte ihr logisches Denken zum Einsatz, auf das sie immer so stolz war, »Sie trinken doch nur den Geist des Whiskys, nicht wahr?«

»Natürlich, Miss«, antwortete der Geist, »aber für mich hat er die gleiche Wirkung wie für Sie, wenn sie das richtige Zeug trinken.«

»Also ein Zahnarzt mit einer Barbierausbildung trinkt den Geist vom Whisky. Ist das nicht zu blöd für sie? Und dann müssen Sie auch noch mit diesem Unsinn weitermachen, solange ich hier bin«, ärgerte Sie ihn weiter. »Sie werden bald sehr zittrige Hände bekommen – denken sie an ihre regulären Kunden.«

»Ich muss nur trinken, solange Sie ein Mensch sind. Wären Sie ein Geist, könnte ich mit dem Trinken aufhören und sie als Praxishilfe einstellen ... «

» ... zahnmedizinische Assistentin«, korrigierte Fiona energisch.

»Sie sind also interessiert?«, sagte Armstrong.

»Um Himmels willen, nein. Lassen Sie uns mit dem Unsinn aufhören«, kam die scharfe Antwort von Fiona. »Sie können mich nicht in einen Geist verwandeln. Ich habe zwar die besondere Gabe, Geister sehen zu können, aber als menschliches Wesen und nicht als Geist.«

»Richtig, ich kann Sie nicht selbst in einen Geist verwandeln«, sagte er. »Aber sie könnten gleich hier aus dem Fenster springen, und ich würde Ihnen ein Fluch hinterherschicken ... «

»Wenn sie nicht verbarrikadiert wären«, sagte Fiona, »wäre ich bereits rausgesprungen. Solche kleinen Hopser habe ich schon als Kind gemacht.«

Das gab Armstrong die Gelegenheit zu einer Retourkutsche: »Sie können auch ihren Brüdern nicht nachspringen, es sei denn, ich würde Sie rauslassen, ich habe einiges durch meinen alten Kontakten am Loch Ness in Erfahrung bringen können ... «

»Alberne Gerüchte«, beendete Sie abrupt das Thema. »Das Einzige, was Ihnen übrig bleibt, ist mich gehen zu lassen.«

»Meinetwegen können sie weitersaufen«, fuhr sie fort. »Irgendwie werde ich hier rauskommen, und glauben Sie mir, ich werde mich nicht weiter kooperativ verhalten. Ich verrate alles. Die abergläubischen Schotten werden das Haus niederreißen, und ich befürchte, Sie werden sich zurück am Loch Ness als Nebendarsteller von Nessi wiederfinden.«

»Ich sage Ihnen«, fuhr sie fort, »es kommen immer mehr Chinesen und kopieren dann alles bei sich zu Hause – die Schlösser, die Szenerie und Nessie. Vielleicht würden auch Sie geklont oder gleich mitgenommen. Der Ex-Barbier als Lachnummer in Shanghai. Wie würde Ihnen das gefallen?«

»Sie verstehen nicht, es ist viel schlimmer«, sagte Armstrong. »Wenn ich meinen Job hier aufgebe, werde ich wieder nur ein Trunkenbold sein, der sturzbesoffen umgefallen ist, als er Lady Nairn zugeprostet hat. Das Getratsche über mich würde wieder hochkommen, ich würde meinen Status verlieren und müsste die Leute im grünen Lichtschein der zweiten Reihe gespenstischer Erscheinungen erschrecken.«

»Ja, das mit den verschiedenen Lichtern ist mir schon aufgefallen«, sagte Fiona, »grün und blau. Das blaue ist also für die erste Garnitur der Geister und das grüne für die zweite. Ich habe aber auch schon Geister ohne Schein gesehen.«

Er nickte. »Das hängt von der Aktivität ab.«

»Sie könnten doch ihren Job als Zahnarzt behalten, wenn Sie mich gehen lassen, nicht wahr?«

»Das Risiko ist mir zu groß«, sagte Armstrong. »Ich behalte Sie besser hier in Sicherheit.«

»Und Sie müssen weitersaufen«, sagte Fiona.

»Ja, das befürchte ich … aber wenn Sie es nicht wünschten, wäre ich davon befreit.«

»Sie sind sowohl egoistisch als auch unlogisch«, erklärte Fiona. »Nicht wünschen? Ich wünsche es jetzt natürlich umso mehr – trinken Sie weiter.«

Während sie über Argumente nachdachte, die sie noch vorbringen könnte, stellte sie fest, dass das flackernde Licht um ihn herum immer noch blau erschien, in der Tat sehr blau, ohne den geringsten grünen Farbton.

Es war für Sie nun deutlich erkennbar, dass er, trotz aller Dinge die passiert waren, immer noch eine respektierte Position unter seinesgleichen hatte – und sicher unbedingt behalten wollte. 'Daraus müsste man etwas machen können ... '

»Eine Zurückweisung durch solch eine reizvolle Lady ertragen zu müssen«, sagten die Überreste des alten Barbiers, »ist ein schmerzliches Unglück. Ich muss Sie deshalb daran erinnern, dass Sie nicht ganz mit den Bedingungen vertraut sind, unter denen ich lebe.«

Sie musste sich sein weinerliches Geplapper für eine ziemlich lange Zeit anhören, bevor der auf ewig verfluchte zähneziehende Haarschnittversauer endlich wegging – oder besser gesagt, sich auflöste.

Als sich Fiona zur Ruhe begab, konnte sie sich nicht damit schmeicheln, besondere Fortschritte gemacht zu haben, um den Geist zu überreden, sie gehen zu lassen.

Die Logik des untoten Armstrong wurde stark durch die Angst um seine Position beeinflusst, aber auch durch die stärkste der männlichen Eigenschaften – Eitelkeit, besonders da er sich in letzter Zeit als Quasi-Nobelpreisträger der Dentalmedizin betrachtete.

'Ich fürchte, es hat keinen Zweck', sagte Fiona zu sich selbst, 'und doch war er nur ein Mann, als er lebte, und er kann jetzt, wo er ein Geist ist, auch nicht viel mehr sein.'

Fest in ihrem Glauben, dass die Arglist einer Frau letztendlich jeden Mann besiegt, schenkte sie sich ein Glas Gelnfiddich ein und schlief bald darauf ein.

IV.

Am folgenden Nachmittag schaute Fiona traurig aus dem Fenster, aber sie war immer noch fest davon überzeugt, dass ihre Willenskraft eine Lösung herbeiführen würde. Davon abgesehen, war der Tag draußen angenehm sanft und mild. Ein leichter Dunst schirmte die Hitze ab, während eine südliche Brise einen würzigen Geruch brachte, der sich weit verteilte.

Plötzlich hörte sie ein Geräusch an der Eingangstür; jemand war hereingekommen. Trotz der Dunkelheit konnte sie schwach eine Person ausmachen, die ihren Kopf unter ihrem Arm trug, und das Gesicht auf diesem Kopf schien jemandem sehr ähnlich zu sein, die sie kannte, sehr wie ...

... Mary Stuart auf einem der vielen Bilder, die man von ihr kennt.

MARY Queen of SCOTS.

Mary Stuart starb vor langer Zeit und wurde geköpft (natürlich in umgekehrter Reihenfolge). Dass sie ausgerechnet hierher kam, war keine Überraschung; er war wahrscheinlich der einzige Zahnarzt seiner Art in der Gegend.

Ihr Kopf war immer noch gut erhalten – denn schließlich war sie zu ihrer Zeit eine Königin gewesen und kein Barbier, dachte sich Fiona. Sie blieb still und zog sich leise zurück.

Ungefähr zur gleichen Zeit erschien Armstrong, der sich – wie üblich – in seinem lumpigen weißen Kittel materialisierte; offensichtlich war er auf Arbeit eingestellt. Als Fiona ihn begrüßte, drängte er sie sofort dazu, sich hinter einen Vorhang zurückzuziehen. »Ich hole jetzt die Patientin herein. Sie bleiben in Deckung, bis sie wieder fortgeht«, sagte er schroff.

Ihr gefiel es nicht, dass er ihr in einem solch unfreundlichen Ton Befehle gab. Es hätte einigen Starrsinn in ihr auslösen sollen, aber weibliche Intelligenz denkt effektiver und langfristiger. Schnell verschwand sie hinter dem Vorhang.

In der Zwischenzeit hatte Mary Stuart im Wartezimmer Platz genommen – zumindest ihr unterer Teil, mit dem Kopf auf ihrem Schoß. Armstrong holte ihn, brachte ihn ins Behandlungszimmer und pumpte den Patientenstuhl hoch, so weit er konnte. Dann legte er ihn oben drauf.

Der Schädel rollte immer wieder von einer auf die andere Seite. Er musste an die 6 und 7 unten ran. Da er nur zwei Hände hatte, konnte er die Instrumente und den Kopf nicht gleichzeitig halten, da er ja auch den Mund offen halten musste, was die Patientin, die sich im Nebenzimmer aufhielt, in diesem Fall nicht tun konnte. Er winkte Fiona herein: »Würde es ihnen etwas ausmachen mir zur Hand zu gehen – verzeihen Sie, mir zu assistieren – Miss?«

Fiona kam vorsichtig von hinten heran, wobei sie darauf achtete, dass der Kopf von Mary Stuart sie nicht sehen konnte. Ob es Zufall oder ein Gefallen des Schicksals war, konnte sie nicht sagen, aber sofort wurde das Whiskyglas wieder gefüllt und schwebte zu ihm hinüber. Armstrong schnappte es und trank es sofort aus. Als der Kopf von Mary Stuart das sah, kamen abscheuliche Flüche aus seinem Mund, gefolgt von Bemerkungen wie 'Mangel an Professionalität'. Als er dann vom Stuhl herunterrollte und dabei einer Sterblichen in der Praxis gewahr wurde, war das Fass voll.

Gleichzeitig kam der untere Teil von Mary Stuart hereingestürmt, der immer noch im Wartezimmer gesessen hatte, schnappte sich den Kopf und stampfte wütend davon. Ein Schwall von Flüchen hallte im Haus wider. Die Patientin war fort, und Armstrongs Reputation war durchaus ein wenig in Mitleidenschaft gezogen worden.

Zunächst wollte er ihr hinterherlaufen, aber er fürchtete ihren Zorn, denn sie war für ihre Probleme bekannt, wenn das Thema Alkohol auf den Tisch kam. Sie regt sich immer fürchterlich auf, dass man sich beim Namen für den 'Bloody Mary' Cocktail auf sie bezieht. Das ist eine Verwechslung mit einer anderen Mary, Mary Tudor, Königin von England. Sie hat diesen Ruf wegen ihrer blutigen Verfolgung von christlichen Ketzern geerbt. Aber das ist auch falsch. Es war in

Wirklichkeit eine Kellnerin in Chicago, die den Barkeeper inspirierte, der Wodka-Tomaten Mischung diesen Namen zu verpassen.

Fiona sah, dass das Whiskyglas wieder gefüllt wurde, und während er es austrank, konnte man aus weiter Ferne immer noch die Stimme von Mary Stuart hören, die immer schwächer wurde, als sie sich zurück zu ihrem Aufenthaltsort begab.

Nun war es klar für Armstrong: Er musste Fiona fortschicken und ihren Worten trauen, oder sie zum Geist werden lassen.

»Waffenstillstand«, sagte Armstrong. »Lassen Sie uns vernünftig mit der Situation umgehen, bis mir eine Lösung einfällt.«

»Warten Sie nicht zu lange«, antwortete Fiona, »es könnte schrecklich für Sie enden.«

»Ich denke, dass die Lösung recht einfach sein wird, man muss sie nur finden«, sagte er – männliche Logik.

'Die Lösung dürfte nicht einfach sein; man muss sie entwickeln und seine Intelligenz benutzen', dachte sie – weibliche Logik.

Egal, Logik hin- oder her, im Moment mussten sie, so gut es ging, miteinander auskommen. Fiona ließ sich sogar dazu erweichen, einige administrative Aufgaben zu übernehmen. 'Praxis-Managerin' war der gewünschte Titel, den sie frech durchsetzte.

Mehr noch, sie dachte, wenn sie sein Spiel für eine Weile mitmacht, würde ihn das ablenken und ihr die Möglichkeit geben, besser an ihrem Fluchtplan zu arbeiten.

Am nächsten Tag schaute sie sich das Buch mit den Terminen an und bemerkte einen Eintrag 'Mr. L. Armstrong', der für den Nachmittag geplant war.

'Wahrscheinlich ein uraltes Mitglied des Clans', dachte sie sich.

Es war genau 4 Uhr, als der Patient die Treppe hochkam. Sie konnte sich nicht zurückhalten, einen schnellen und heimlichen Blick auf ihn zu werfen, bevor sie sich wieder versteckte. In der dunklen Umgebung konnte sie sein Gesicht nicht deutlich erkennen und konnte nur erahnen, wo es sein musste, da er sich fortwährend mit einem Taschentuch drüberwischte.

Die Augen glänzten wie Meissner Porzellan-Untertassen, und unter seinem Arm trug er einen polierten, goldfarbenen Gegenstand. Er schien in einer überraschend guten Stimmung zu sein. Wenn er seinen Mund öffnete, zeigte er seine blendend weißen Zähne, mit einem leichten Trema [Zahnlücke] zwischen den oberen Schneidezähnen.

Sie sprang schnell zurück in ihr Versteck und lauschte neugierig seiner Stimme. Sie bemerkte sofort, dass das nicht die Art war, wie Schotten Englisch sprechen, noch Oxford-Style oder irgendeine andere Variante auf den Inseln. Sie konnte den Akzent nicht erkennen, aber wenn die Armstrongs auf den Mond fliegen, können sie von überall her auf diesem Planeten kommen. Sie war etwas verwirrt. Aber dann, als er anfing mit einer tiefen und rauchigen Stimme *'What a wonderful World'*, zu singen, und so etwas wie eine Begrüßung für den Zahnarzt auf seiner Trompete spielte, wusste sie, das war der echte 'Satchmo' – Lous Daniel Armstrong, ein sehr angenehmer Bursche, aber keinesfalls ein Verwandter aus dem Clan des Zahnarzts.

Wie bei ihr auch, war einiges im Unklaren im Zusammenhang mir der Geburt von 'Satchmo'. Louis Armstrong hatte immer den 4. Juli, den Unabhängigkeitstag der Vereinigten Staaten, als seinen Geburtstag angegeben. Das war so üblich unter dem afro-afrikanischen Teil der Bevölkerung, wenn sie – wie so oft – das Datum der Geburt und die genauen Hintergründe nicht kannten. Aber dann, als er ein berühmter und weltweit gefeierter Mann wurde, kamen sie aus allen Ecken herbei, auch mit brauchbaren Informationen bezüglich seiner frühen Anfänge, sodass er schließlich den 4. August als seinen Geburtstag verbindlich festnageln konnte.

Fiona konnte sich nicht länger beherrschen. Sie trat vor, und noch bevor der Zahnarzt eingreifen konnte, bat sie Satchmo um ein Autogramm.

Satchmo, der keineswegs von ihrer Anwesenheit überrascht war, nahm eine Hand von der Trompete und malte etwas mit seinem Zeigefinger in die Luft.

Fiona war tief enttäuscht. Sie konnte diese Art von Autogramm nicht ihren Freunden zeigen; abgesehen davon war es spiegelverkehrt.

Nachbarn, die sich beklagen, zwingen Trompeter dazu, im Wald zu üben. Beim Umhergehen brechen die sich gelegentlich die Schneidezähne, wenn sie gegen einen Baum laufen, aber Louis Armstrong kann nicht mehr in einen Baum laufen; er würde direkt durch ihn hindurchgehen, und außerdem hatte er ein Problem mit einem seiner Backenzähne.

Als seine Zähne behandelt und er gegangen war, schlug Fiona vor, den Eintrag im Buch zu ändern.

»Als Praxis-Manager würde ich sagen, dass wir seinen vollen Namen notieren sollten, statt einem 'L.'« Korrektheit war ihr wichtig. Schließlich arbeitete sie nicht in einem Barbier-Laden – selbst nur kurzfristig – wo die Leute, ungeordnet und direkt von der Straße aus, hineintrampeln.

»Meinetwegen machen Sie 'Lewis' daraus, wenn Sie wollen«, sagte er.

Da sie intelligent und gebildet war, sagte Fiona ihm, dass man das, unten in New Orleans, wo Satchmo herkam, die französische Variante benutzt und das als 'Louis' und nicht 'Lewis' schreibt.

Diese Widerrede passte dem Zahnarzt, im Hinblick auf die Aufrechterhaltung der hierarchischen Ordnung, überhaupt nicht.

»Lassen Sie das 'L.', ich weiß schon, wer er ist.«

»Übrigens,«, sagte Fiona. »Ich hätte nie gedacht, dass auch er zu einem Geist werden würde.«

»Jazzmusik ist nicht jedermanns Sache, und wenn einen genug Leute verfluchen ... «

»Aber was ist dann mit all den Dudelsackspielern und ihrem ohrenbetäubenden Lärm?«, unterbrach Fiona.

»Sie scheinen doch nicht alles über Geister zu wissen«, sagte Armstrong. Sie sollten mehr Zeit draußen verbringen. An bestimmten Tagen marschieren ihre gespenstigen Schatten in Regimentsstärke über Berg und Tal.

Fiona unternahm einen weiteren Versuch, ihre Freilassung zu diskutieren, wieder ohne Erfolg. 'Dann eben nicht', dachte sie sie und fuhr fort, in ihrem Kopf an einem Plan zu arbeiten. Es würde sicher bald eine Lösung für sie geben.

Um den Zahnarzt um ihren Finger zu wickeln, erwähnte sie, während sie Dokumente durchsah, dass er ziemlich prominente Leute unter seinen Patienten hatte. Und in der Tat, das schmeichelte ihm sehr.

Sofort erzählte er ihr von Heinrich VIII., ein Patient, dem er fast alle seine Zähne ersetzt hatte.

»Also, das war eine ziemlich große Baustelle«, sagte er, »als das Skelett von Heinrich VIII. hier hereinkam. Die Beißerchen waren fast alle ausgefallen und sind irgendwo verloren gegangen. Da er keine Zahnprothesen wollte, musste ich ziemlich viel implantieren.«

»Ich habe ihm dann auch zwei Tuben remineralisierende Zahnpasta mit medizinischem Hydroxypatit für zu Hause mitgegeben. Das ist das Allerneuste am Markt.«

»Ja«, sagte Fiona. »Hydroxyapatit ist ein Mineral aus der Klasse der Phosphate, Arsenate und Vanadate. Es kristallisiert im hexagonalen Kristallisationssystem mit der chemischen Zusammensetzung $Ca_5[OH|(PO_4)_3]$ – wenn ich mich recht erinnere. Es ist die Basis harter Substanzen, wie Knochen oder Zähne, bei allen Wirbelwesen.«

Der Geist schaute sie höchst erstaunt an. »Keine Chance, dass sie für mich arbeiten, als ... als ... zahnmedizinische Assistentin?«

»Nein, ich sage es Ihnen nochmals, laut und deutlich: Ganz bestimmt nicht!«

»Es war völlig unmöglich, die Originalzähne zu finden«, fuhr er ein wenig enttäuscht fort und erklärte auch warum:

»Erst musste man den Tod von Heinrich VIII. für drei Tage geheimhalten, damit die Übernahme der Macht durch seinen Sohn störungsfrei vonstattengehen konnte.«

»Wie es bei Königen üblich ist, wurde er einbalsamiert und nach Windsor Castle überführt. Danach ging es in die Gruft in der St. George's Kapelle.«

»Aber dann fingen die Probleme erst richtig an: Der geplante Triumphbogen in der Gruft konnte nicht fertiggestellt werden. Sie hatten ihn in den schwarzen Marmorsarg gelegt, den er zu Lebzeiten von dem Katholiken Wolsey, Erzbischof von York und Kardinal, konfisziert hatte, zusammen mit Ausstattungen in der Gruft. Aber auch das wurde nur zu einer Zwischenstation für ihn, da sein Aufenthalt in diesem Sarg nicht lange dauerte.«

»Die Dinge wurden zu teuer und blieben Stückwerk. Die Kosten des Krieges mit Frankreich waren eine große finanzielle Belastung. Dann kam der Ausverkauf verschiedener Sachen, um Geld aufzutreiben, und schließlich kam die Öffnung des Grabs, um Raum für den hingerichteten König Charles I, zu schaffen. Im

Verlauf dieser Arbeiten hatte ein Soldat einen der Knochen von Heinrich gestohlen und als Souvenir mitgehen lassen.«

»Der schwarze Sarg wurde später genutzt für … «

» … den gefallenen Admiral Nelson«, fügte Fiona sofort hinzu. »Er starb in der großen Seeschlacht von Trafalgar«, 'schlaumeierte' sie, »im Kampf gegen die vereinten Franzosen und Spanier. Das war der Anfang der britischen Herrschaft auf See, und die Tage des kleinen Korsen waren bald auch auf dem Kontinent gezählt.«

Immer mehr gereizt von Fionas Cleverness, fuhr der Geist fort: »Alles, was von Heinrich übrig blieb, war das Skelett, abzüglich eines Knochens und Teile seines Barts und Kinns. Irgendwann haben sie dann alles mit einer schlichten, marmornen Platte abgedeckt. Es ist überhaupt ein ziemliches Durcheinander da drinnen, immer wieder wurde jemand rausgeräumt, verlegt oder neue Verstorbene dazu- und dazwischen gelegt.«

»Also da kann man doch wirklich verstehen, dass der Mann wenigstens seine Zähne wieder in Ordnung gebracht haben wollte«, kommentierte Fiona. »Einige Leute behaupten ja«, fuhr sie fort, »er hätte mehr als zwanzig seiner Frauen köpfen lassen; ihm sollte der Aufenthalt in der Praxis verwehrt werden. Das muss aber – auf jeden Fall – relativiert werden.«

»Heinrich VIII war nur sechsmal verheiratet, und nicht allen seinen Frauen wurde der Kopf abgetrennt. In der Tat, es gab nur zwei von ihnen, die dieses Schicksal erlitten hatten. Nun, wenn man mal einen schlechten Ruf hat … «

»Man merkt sich das Ende jeder Ehe am besten mit einem Reim wie ihn die Schulkinder aufsagen:«

geschieden – enthauptet – gestorben
geschieden – enthauptet – überlebt

Seine letzte Frau, Katherine Parr, überlebte ihn um acht Jahre und war vier Mal verheiratet. Einer ihrer Ehemänner war der Bruder von der dritten Frau von Heinrich VIII. Ihr letzter Ehemann, ein Intrigant mit großem Machthunger, wurde kurz nach ihrem Tod geköpft.

Aber Fiona hatte 'genug', ein Zustand den Heinrich VIII. wahrscheinlich auch bei seinen Zähnen wieder erreichen wollte.

Der Zahnarzt sprach nicht weiter über seinen berühmten Patienten, auch bekannt als 'Englands Nero', konnte aber einen Seitenhieb gegen Fiona nicht zurückhalten.

»Sie hätten seine siebte Frau werden können, als er hier war. Das hätte das Problem mit dem Geistwerden gelöst … «

»Geist durch 'Scheidung'?«, sagte Fiona. »Eine 'Scheidung' käme als Nächstes dran, wenn sie sich einen zweizeiligen Kinderreim merken können.«

Der Geist gab auf und wollte mit anderen prominenten Patienten weitermachen, aber Fiona hörte nicht länger zu. Kurz danach löste er sich auf.

V.

In den letzten paar Tagen hatte Fiona das ganze Haus von unten bis oben durchgesucht, um eine Möglichkeit zu finden, wegzukommen. Abgesehen von ein paar Flaschen Whisky, blieb Sie aber erfolglos.

Sie war niedergeschlagen. Da es oben keine Möglichkeit zur Flucht durch die Fenster gab, ging sie wieder nach unten und zur Eingangstür, die fest von innen verschlossen war. Alles andere wurde wieder sorgfältig unter die Lupe genommen – ohne Ergebnis!

Sie wollte an diesem Tag dabei belassen und aufgeben, aber da sie ohnehin nichts anderes zu tun hatte, unternahm sie einen weiteren Versuch.

Wütend stampfte sie mit dem Fuß auf. Aber was war das? Der Boden unter ihr klang hohl. Sie schob einen alten Teppich zur Seite und entdeckte eine Falltür und eine Leiter, die nach unten in den Keller führte. Alles war stockdunkel, aber mutig ging sie hinunter. Ein grünliches Licht, wie es um weniger respektable Geister herum erscheint, ließ sie nur einige Umrisse erkennen, doch bald hatten sich ihre Augen an die Dunkelheit gewöhnt, und das Licht, das von oben kam, half zusätzlich. Sie bemerkte, dass sie sich in einer Kammer befand, von der aus ein Korridor zu einer weiteren führte.

Was sie dort sah, ließ sie ausnahmsweise ein wenig erschaudern. Zusammengekauert in einer Ecke, erkannte sie einen ängstlich dreinsehenden Jungen mit einem grünlichen Lichtschein um ihn herum.

Es war ein Geist, aber so einem jungen war sie noch nie begegnet.

Was machst du hier?, sagte Fiona, ziemlich überrascht, als sie sich wieder gefangen hatte.

»Ich bin bestraft worden, weil ich für den Tod von zwei Leuten bei einem Hausbrand in Drumnadrochit verantwortlich bin. Ich weiß nicht, wie lange ich noch hier bleiben muss.«

»Was? Du? Aber das war doch ... « Schnell verschluckte sie den Rest.

»Und jetzt muss ich mich bei kleineren Aufgaben bewähren. Heute hier, morgend irgendwo anders. Im Moment muss ich immer Whisky für einen Geist einschenken, der oben eine Zahnarztpraxis betreibt, wenn man mich dazu auffordert. Er kann mich nicht sehen – und auch Sie können es nicht, außer hier im Keller, wenn er nicht da ist. Ich kann Ihnen sagen, im Moment habe ich mehr als genug zu tun. Aber sagen Sie, das andauernde Auffüllen muss etwas mit Ihnen zu tun haben, denn man hat, als sie auftauchten, sofort hier hergeschickt.«

»Du sollst zwei Leute bei einem Hausbrand in Drumnadrochit umgebracht haben?«, wagte sie zu fragen. Sie war zu wissbegierig, um ihre Neugier zurückhalten zu können.

»Ja, ich bin nachts in das Haus der MacGills eingebrochen, um einige Silberwaren zu stehlen, und bin dabei über eine Kerze gestolpert, die auf dem Boden lag. Sie war bereits ausgegangen und hatte nur einen kleinen Brandfleck auf dem Teppich hinterlassen.«

»Nun, dachte ich, wenn ich die Kerze wieder anzünde und damit den Teppich und ein paar Dinge drumherum richtig zum Brennen bringe, könnte ich in der allgemeinen Aufregung noch einige andere wertvolle Dinge mitgehen lassen.«

»Seltsam!«, fuhr er fort. »Durch ein Fenster hindurch konnte ich undeutlich eine junge Lady im Nachthemd erkennen, die draußen stand. Sie rührte sich nicht, und als sich das Feuer über das ganze Haus ausbreitete, wartete sie immer noch. Nur als die Flammen bereits aus dem Dachgeschoss herauskamen und alles zu spät war, rief sie um Hilfe.«

»Sehr seltsam«, bemerkte Fiona.

»Ja, sehr seltsam«, wiederholte er.

»Ich bin selbst in dem Feuer umgekommen, weil ich zu lange auf das Mädchen gestarrt und mich gewundert hatte, warum sie nicht um Hilfe ruft. Dann, als ich schließlich versucht hatte, wegzulaufen, war es zu spät.«

»Aber was machen *Sie* hier?«, fragte er, wobei er sie neugierig betrachtete.

»Nun, ich habe nach einem Zahnarzt gesucht, der sich um meine Zahnschmerzen kümmert, und bin so in das hier hineingeraten. Seither hält mich der Bursche gefangen.«

»Warum ausgerechnet ein Zahnarzt für Geister? Sie sind kein Geist, Sie sind immer noch bei bester Gesundheit, wie man deutlich sehen kann.«

»Ich kann das auch nicht erklären, obwohl ich des Öfteren Geister in den Weg laufe«, antwortete Fiona. »Aber sag mal, kannst du mir hier heraushelfen?«

»Ich wüsste nicht wie«, sagte der Junge. »Ich kann direkt durch Wände und Türen hindurchlaufen, aber sie würden einen Schlüssel brauchen.«

»Zu schade«, sagte Fiona. »Ich kann nur hoffen, dass du ihm weiterhin rechtzeitig den Whisky einschenkst und – vor allen Dingen – reichlich. Das gibt mir vielleicht eine Chance, hier rauszukommen.«

»Um ihretwillen hoffe ich das sehr«, sagte der Geisterjunge. »Ich werde ihrem Wunsch entsprechen; das könnte auch eine Lösung für mich selbst bedeuten, zumindest was das dauernde und stressige Nachfüllen anbelangt, um ihn während ihrer Anwesenheit betrunken zu halten.«

»Es wäre schön, wenn du bald irgendwie ganz erlöst würdest«, sagte Fiona.

»Ja, das hoffe ich auch«, antworte der Junge. »Es wäre alles vorbei«, fügte er hinzu, »wenn mir die letzte Überlebende in der Familie, eine gewisse Fiona MacGill, vergeben würde. Dann käme ich zurück in die Geisterwelt und könnte meine Zeit besser verbringen. Es bedürfte nur ihrer magischen Worte:

Ich vergebe dir Blake!«

VI.

Als sie den Zahnarzt am nächsten Tag sah, war ihre Stimmung alles andere zurückhaltend und ihre Respektlosigkeit gegenüber spukenden Kreaturen kam wieder durch. Zunächst zeigte sie ihm aber die kalte Schulter und sagte gar nichts.

Der Geist war wie gewöhnlich erschienen und nahm erst einmal einen Schluck nach dem anderen aus dem schattenhaften Whiskyglas. Bald hatte er mindestens ein halbes Dutzend davon geleert, die in immer kürzeren Abständen nachgefüllt wurden – und sie wusste nun auch warum und von wem.

Schließlich ließ sie sich dazu herab, ihm zu zeigen, dass sie sich seiner Gegenwart bewusst war. »Es wird immer schlimmer mit ihrer Trinkerei«, sagte sie unwirsch. »Es ist so fürchterlich, aber ich werde sie nicht davon abhalten. Was sagen Sie dazu?«

»Gut, jetzt kann ich Ihnen diese Frage beantworten, denn ich kann nicht sprechen, bis ich in der Gegenwart von menschlichen Wesen angesprochen worden bin, ansonsten müssten sie, aus Angst vor mir, wenigstens geschrien oder gekeucht haben, was Sie ja nicht tun«, sagte er entschuldigend. »Und, wissen Sie, ich muss weitertrinken, bis man mich bittet, es sein zu lassen.«

»Es wird kein 'Seinlassen' geben. Ich dränge Sie sogar, weiterzutrinken«, antworte Fiona kühl, als sie sich umdrehte, um sich das Terminbuch anzusehen. »Ich hoffe nur, dass Ihnen der ganze Whisky nicht zu Kopf steigt.«

»Aber das macht er mit Sicherheit«, antwortete der Geist mit einem traurigen Tonfall in der Stimme. »Während meiner gesamten Existenz als Geist, in der Tat, selbst als ich noch menschlich war, wurde ich noch nie in der Gesellschaft einer Lady vom Alkohol überwältigt, ausgenommen dieser Ausrutscher bei Lady Neirn, aber das war wegen dem Rotwein, dieses fürchterliche Gesöff.«

»Ja«, sagte Fiona, der hat nur 14 bis 15% Alkohol, anders als die 40% und mehr in unserem Whisky, aber wenn man nicht daran gewöhnt ist ... «

»Gesöff?«, fügte sie hinzu. »Nun, es scheint mir, dass Lady Neirn nicht über Qualitätsweinen verfügt, wie man sie in meinem eigenen Bestand findet.«

Als sie weiterredete, schluckte der Zahnarzt immer wieder den Whisky hinunter, während Fiona ihn dabei neugierig beobachtete.

»Und wenn ich darüber nachdenke: Einen betrunkenen Geist zu sehen, ist ein Privileg, das sterblichen Seelen selten vergönnt ist. Es wäre höchst töricht, diese Gelegenheit zu verpassen, ohne einen längeren Blick auf dieses Phänomen zu werfen.«

»Sagen Sie mir, dass ich weggehen oder etwas anderes machen soll«, flehte der ehemalige Barbier. »Wenn Sie es einmal ein Privileg genannt haben, das Phänomen eines betrunkenen Geists zu verfolgen, bin ich vollkommen in ihren Händen.«

»Dann lassen Sie mich also gehen?«, fragte sie.

Ein Anblick der Verzweiflung kam in das eingewickelte und mumifizierte Gesicht des Geists. Für einen Augenblick lang standen die beiden da und sahen sich schweigend an, während der Geist weitertrank.

Fiona machte plötzlich die seltsame Entdeckung, dass es so schien, als würde er auf seinen Zehenspitzen stehen. Kurz darauf sah sie, dass er sich in der Tat hochbewegt hatte. Die Enden seines zerfledderten Kittels verließen immer wieder den Teppich.

Zunächst befürchtete sie, dass er für immer verschwinden würde, aber bei näherem Hinsehen, stellte sie fest, dass er kämpfte, um der Tendenz, sich in die Luft zu erheben, zu widerstehen. Der Geist wusste, dass eine Auflösung ihn im irdischen Bereich halten würde. Im Gegensatz dazu würde ihn ein Hinwegschweben sofort zurück in die Geisterwelt bringen. Sie sah, dass er sein unerschöpfliches Whiskyglas in der rechten Hand hielt, während er sich mit der linken an einen Stuhl klammerte, in einer offensichtlichen Anstrengung sich unten zu halten.

»Sie scheinen auf ihren Zehen zu stehen – Verzeihung, auf ihren Kittelspitzen – «, bemerkte sie. »Suchen Sie etwas?«

»Nein«, antwortete der Geist, sichtlich verwirrt, »es ist nur die 'Levitation', die vom fortwährenden Trinken kommt.«

Fiona lachte höhnisch. »Wollen Sie damit sagen, dass es ein Zeichen eines Rausches bei einem Geist ist, die Tendenz zu entwickeln, sich in die Luft zu erheben?«

»In unseren Kreisen betrachtet man es als korrekter, den Ausdruck zu benutzen, den die Okkultisten gebrauchen«, antwortete die gespenstische Erscheinung, einigermaßen angefressen. »Wir sprechen dabei von 'Levitation'.«

»Ich gehöre aber weder zu ihren Kreisen«, antwortete Fiona, »noch sympathisiere ich mit den Okkultisten.«

»Eine andere Frage: Ist es Ihnen nie in den Sinn gekommen, dass Sie – und überhaupt alle Geister – in dieser fortgeschrittenen Zeit nicht mehr denselben Platz in der öffentlichen Meinung oder gar in der wissenschaftlichen Wertschätzung einnehmt, den Ihr einst innehattet?«

»Heutzutage seid ihr nur noch eine Halluzination, und es gibt keinen Grund, warum man Euch nicht verachten sollte. Ihr seid nur das Ergebnis eines schlechten Schlafes infolge einer Verdauungsstörung oder geistiger Erschöpfung.«

»Aber Sie können doch sehen, dass ich keine Halluzination bin, nicht wahr?«, sagte der arme Geist mit zitternder Stimme, augenscheinlich entmutigt.

»Oh, das ist nur eine Sinnestäuschung«, antwortete Fiona. »Jeder Arzt würde mir das sagen und mir etwas verschreiben, damit ich Sie nicht mehr sehen kann.«

»Im Moment kann er das aber nicht machen«, sagte der Geist. »Und, nebenbei bemerkt, können Sie sehen, dass sie hier sicher eingesperrt sind. *Das* ist bestimmt keine Halluzination.«

»Lassen Sie uns das nicht weiter fortführen«, unterbrach Fiona.

»Was ich eigentlich sagen wollte: Erscheint es Ihnen nicht so, dass dies eine gute Gelegenheit ist, an ihrer Reputation zu arbeiten, indem Sie mich gehen lassen, ungeachtet dessen, was der arrogante Geisterklub sagt? Sogar ihre Befürchtungen, dass ich über diese Begegnung hier sprechen würde, sollten neu überdacht werden. Es scheint mir vorteilhafter als unvorteilhafter zu sein, die Nachricht zu verbreiten.«

»Ich könnte Ihnen mein Wort geben, dass ich den ganzen Fall der Physikalischen Forschungsgesellschaft melden werde – natürlich nur, wenn Sie zustimmen – und sie würden dann in die Geschichte eingehen, mit einer anhaltenden Reputation, welche der Unglauben

51

der Zeit nicht zerstören kann. Das würde das Buch von Oskar Wilde zum Schundroman degradieren – Sie als der neue Sir Simon de Canterville, mit mir als Victoria.«

Der Geist war in der Zwischenzeit in ein Stadium des Rausches geraten, das es extrem schwer für ihn machte, dem Davonschweben durch die Decke zu widerstehen. Er klammerte sich noch verzweifelter an die Lehne des Stuhls. »Aber die Physikalische Forschungsgesellschaft wird in unseren Kreisen nicht anerkannt«, verteidigte er sich noch immer.

»Also gut«, sagte Fiona, einigermaßen verärgert. »Machen Sie, was Sie wollen. Aber wie wird sich das auf ihren Ruf auswirken, wenn sich ihr Zustand verschlechtert und sie in ihre Kreise zurückfliegen? In dieser Gesellschaft, von der Sie so viel halten, wird es Ihnen sicher keinen Respekt verschaffen, in der Gegenwart einer Sterblichen betrunken herumgeflogen zu sein.«

»Oh, wenn ich nur daran denke, gerade ich in Panik!«, heulte der Zahnarztgeist, gefolgt von einem markerschütternden Schrei, der sogar das Blut von Miss Fiona kurz gefrieren ließ. »Was für eine Schande wäre das.«

»Ich werde alles tun, was Sie verlangen«, stöhnte er.

Fiona sprang aufgeregt hoch. »Wollen Sie damit sagen, dass sie mich jetzt gehen lassen?«

Die zitternde Stimme des Geists bestätigte, dass er sich schließlich geschlagen gab. »Ja, aber sie müssen mich führen. Ich weiß, wo der Schlüssel zur Eingangstür versteckt ist.«

»Ich brauche ihn selbst nicht«, fuhr er fort, »und auch nicht meine Patienten. Sie gehen direkt durch Wände und Türen. Ich ziehe es aber vor, das Haus immer verschlossen zu halten, sodass keine menschliche Kreatur hier hereinkommen und versehentlich herumspionieren kann.«

»Ich wundere mich immer noch, wie Sie hereingekommen sind.«

»Sie müssen schon etwas von einem Geist haben. Das passiert öfters, wenn der Platz für einen in der Geisterwelt schon reserviert ist. Wenn die menschliche Seite überwiegt, bleiben die Türen für Sie verschlossen. Ich denke fast, dass sie kein solch böses Mädchen in der Geisterwelt haben wollen und bei ihrer Meinung und immer noch hin- und her schwanken.«

»Gequirlte Schei ... «, rief Fiona. Angesichts der neuen Situation kam wieder die 'alte Fiona' durch. Ich lebe noch, also haben sie nichts zu entscheiden; das können Sie dann machen, wenn ich tot bin.

»Übrigens«, fuhr er fort, »hatten Sie nie den Wunsch zu erfahren, wer ihre richtige Mutter ist? Ich meine die mit den roten Haaren, die niemand in ihrer Familie jemals hatte ... Es ist mir gelungen, diese Information zu bekommen.«

Fiona erinnerte sich. Immer wieder hatte es Gerüchte wegen ihrer Haarfarbe gegeben. Ihr Eltern waren in dieser Hinsicht sehr verschwiegen, während ihre Brüder oft, und zu laut für ihren Geschmack, darüber sprachen, bis sie ihnen ihr letztes Bad in Nessies Badewanne verschaffte.

Der Zahnarzt musste sich nach ihr erkundigt haben, dachte sie, in der Hoffnung, dass sie für ihn arbeiten würde – das übliche Vorgehen bei Einstellungen, vermutlich auch in der Welt der Geister.

»Sie war die Geliebte ihres Vaters in Dochgarroch«, fuhr er fort. »Ihre Stiefmutter hat sie aus Eifersucht ermordet, hat aber das Kind verschont. Sie wurden mitgenommen, als sie fortgezogen sind. Ihr Vater war ein richtiger Feigling, der ihr Verbrechen gedeckt hat. Ich wollte Sie damit eigentlich an ihrem ersten Arbeitstag überraschen, wenn Sie ihre Stelle als Praxish ... ich meine zahnmedizinische Assistentin antreten«, verbesserte er sich schnell genug.

»Das klingt mir alles zu abenteuerlich«, sagte Fiona, obwohl sie in der Vergangenheit selbst ein wenig darüber gegrübelt hatte. »Aber zuerst will ich den Schlüssel, dann die Geschichte mit der Mutter.«

»Geben Sie mir ihre Hand«, sagte der Geist, »sonst schwebe ich weg, wenn ich den Stuhl loslasse.«

»Meine Hand – das heißt ich ... nein, ich mag ihre knorrigen Finger nicht, und ich denke auch nicht, dass ihre schmutzigen, stinkenden und verfaulenden Lumpen, die sie anhaben, die Zugwirkung, ich meine die 'Elevationskraft', aushalten würden«, antwortete Fiona.

Ihre Worte wurden immer unverschämter; jetzt wo sie bald draußen sein und ihren Mund nicht halten wird (was sie ohnehin nie vorhatte), konnte sie die Unterhaltung ein wenig 'würzen', die sie – hoffentlich bald – Freunden in lustiger Runde vortragen kann.

»Hier, halten Sie sich daran fest, sie untotes Stinktier!« Sie nahm sich eine Sichelsonde aus dem Teilekasten des Zahnarzts und hielt sie dem Geist hin, selbstverständlich richtig herum – die Spitze immer zum Patienten hin.

Der Geist griff hastig danach und stieß einen Schrei aus, als die Spitze in seinen Finger stach; trotzdem hielt er die Sonde tapfer fest.

Sie ging mit ihm durch das Zimmer, während er oben schwebte und herumzappelte, wie ein aufgeregter Papagei, den man gerade eingefangen hat. Fiona war verblüfft über die Kraft des Auftriebs an ihrer Hand, aber sie erinnerte sich daran, dass er eine gewaltige Menge Whisky getrunken hatte.

Sie folgte dem Whiskyglas in seiner schwankenden Hand, bis sie in einen anderen Raum kamen. Dort dirigierte er sie zu einer Ecke und gab ihr Zeichen, tiefer auf den Boden herunterzugehen. Fiona zog ihn fest hinter ihr her, und der Geist zeigte mit seiner knorrigen Hand auf ein bestimmtes Paneel in der Wandverkleidung.

»Suchen Sie dort.«

In der momentanen Aufregung ließ Fiona ihren Griff an der Sichelsonde los. Sofort schwebte der Geist nach oben, wie ein Ballon der aus seiner Verankerung gelöst wurde, während die Sichelsonde zu Boden fiel.

Es gelang ihr nur noch, ihm ein 'Machen Sie's gut' nachzurufen. »Ich danke Ihnen Sie modriges Halb-Skelett!«

Der Geist hatte mehr und in kürzeren Abständen getrunken als jemals zuvor. Blair hatte seine Arbeit gut gemacht. Wie eine verschwommene, sich auflösende Wolke über ihrem Kopf, verschwand der besoffene Geist, schoss hoch ins Nichts und zurück in die Geisterwelt, wo ihn Verachtung und Spott erwarteten.

Schreckliche, lange und nachhallende Schreie, die langsam in der Ferne verklangen, sagten ihr, dass er die schreckliche Wahrheit erkannt hatte: Er ging nicht in einer lokalen Auflösung fort, sondern direkt zurück in die Geisterwelt.

VIII.

Fiona machte sich sofort daran das Paneel zu lösen, nachdem sie sich mit weiteren Sichelsonden, Abdrucklöffeln, Extraktionszangen, Exkavatoren, Knochenfeilen, Handmeißeln, Kronenzangen, Klemmzangen, Winkelscheren ... bewaffnet hatte, die dort herumlagen.

In ihrem Übereifer schnappte sie hastig nach dem Bohrer, ohne die Arretierung der Zuführung zu lösen, und hätte dabei fast den ganzen Zahnarztstuhl umfallen lassen.

Sie war wie in Trance, beschwingt, fühlte ihren Triumph über den widerspenstigen Geist. Er wird nun seine Strafe erhalten. Warum hatte er hier nicht weiter als angesehener Zahnarzt gearbeitet – wenn er sie nur hätte rechtzeitig gehen lassen.

Sie kratzte und schabte, stocherte und drückte, zerrte und schob, aber das Paneel gab nicht nach.

Irgendwo muss es einen geheimen Mechanismus geben, den er ihr leider nicht mehr zeigen konnte, aber wenn Fiona versucht, ihren Willen durchzusetzen, entwickelt sie eine ungeheure Kraft, und schließlich löste sich das Paneel.

Aber was war das? Sie konnte nur den Staub der Jahrhunderte sehen.

Als sie sich gewahr wurde, dass dort kein Schlüssel lag, brach sie zusammen und Tränen rannen ihr über die Wangen.

VIII.

Am nächsten Tag dachte Fiona mit großer Verachtung an den Zahnarzt; ihn jetzt zu verfluchen wäre nutzlos, das wurde bereits von jemand anderem gemacht – für immer und ewig.

Der Bursche hat es also für angebracht gehalten, eine Lady zu hintergehen. Ist das die Art wie sich Gentlemen der alten Schule, wie wir es oft hören, benehmen? Sein böses Schicksal geschieht ihm recht. Aber was nutzt ihr das jetzt?

Sie machte sich selbst Vorwürfe. Warum hatte sie ihn so viel trinken lassen? Sie war verantwortlich für den betrunkenen Zustand, der zu seiner Elevation geführt hat, aber wer konnte so etwas schon erahnen?

Der Geist hatte immer noch die Nachwirkungen seiner Trinkerei vom Vortag gezeigt; sie hätte das berücksichtigen sollen.

Aber nun musste sie selbst erst einmal einen Schluck zu sich nehmen, oder zwei oder drei oder ...

Bald fing sie an, aus voller Kehle eines ihrer Lieblingslieder zu singen, *'Donald Wheres Your Trosers'*, 'Donald wo sind deine Hosen', eine 'Verhohnepiepelung' von Männern, die einen Kilt tragen, mit nichts darunter, und erfüllte damit das Haus mit ihrer lärmenden Stimme.

Als sie sich wieder ihrer verzwackten Situation bewusst wurde, fing sie an, zu brüllen, wobei sie alle Benimmregeln einer Lady vergaß: »Dieser widerliche Scheißkerl, dieser dreckige Stinker, hat versucht, mich vom richtigen Weg abzubringen, aber ich werde schon noch herausfinden, wie ich da herauskomme.«

Sofort ging sie hinunter zum Geisterjungen, in der Hoffnung, einige brauchbare Informationen von ihm zu bekommen. Er war immer noch da; wahrscheinlich wartete er auf neue Anweisungen, da seine Arbeit in der Zahnarztpraxis erledigt war. Leider konnte er ihr nicht behilflich sein, also ging sie sofort wieder nach oben und stellte sich die gestrige Szene noch einmal vor.

»Ah!«, rief Fiona unter dem Eindruck eines plötzlichen Einfalls aus. Sie hatte das Bild wieder deutlich vor Augen: Während der Geist seine Anweisungen gegeben hatte, so gut er konnte, vermied er es, seinen Blick auf die Ecke im Raum zu richten, die diagonal zu der lag, wo er sie hindirigiert hatte.

Sie sprang vor, um eine alte Anrichte wegzubewegen, die im Weg stand und sich als ziemlich schwer erwies. 'Wie hatte es der zerbrechliche Geist geschafft, sie dort hinzustellen?', dachte sie. Aber dann erinnerte sie sich daran, dass es sogar eine spezielle Art von ihnen gibt – die geisterhaften Möbelrücker.

Sie zerrte und zerrte. Millimeter für Millimeter bewegte sich das Möbelstück, und schließlich hatte sie es geschafft. Sofort untersuchte sie die Vertäfelung. Sie kratzte, stocherte und hämmerte. Mehr als eine Stunde lang arbeitete sie, während ihr der Schweiß auf der Stirn stand.

Gerade als sie schon aufgeben wollte, kam Staub aus einem winzigen Loch, als sie mit ihrem Finger darüberfuhr. Sie nahm eine Wegwerfnadel und stocherte in der schmalen Öffnung herum. Sofort bewegte sich das Paneel und öffnete sich langsam an einem versteckten Scharnier.

Ihre Augen glänzten, ihr Körper zitterte. Da lag der Schlüssel!

Ihre Stimme überschlug sich. »Ja, ja, ich habe ihn!«

Natürlich hätte sie die ganze Geschichte über ihre Mutter interessiert, aber so war es nun mal. Sie wird keine weiteren Nachforschungen in Dochaggoch anstellen – zu viele weitere Fragen könnten schlafende Hunde wecken und ihre Position als Alleinerbin gefährden. Außerdem hatte sie kein Verlangen, noch weiter Personen im See zu versenken.

Völlig fertig, taumelte sie zum Treppenhaus, ging nach unten zur Eingangstür, steckte den Schlüssel hinein und schloss sie auf, aber etwas hielt sie zurück.

Sollte sie noch einmal zurückgehen und die erlösenden Worte die Falltür hinunterrufen? Aber dann würde er wissen, wer sie ist, und könnte sich wahrscheinlich vorstellen, warum sie so spät um Hilfe gerufen hat, während das Feuer wütete.

Da sie nun die ganze Geschichte kannte, hatte sie das Gefühl, dass die meiste Schuld von ihr abgefallen war; schließlich war *ihre* Kerze ausgegangen. Ihre Stiefmutter war eine Mörderin, ihr Vater ein Feigling, der ihr Verbrechen gedeckt hatte, und die Eifersucht ihrer Brüder, Sprösslinge der beiden, und ihre Verbreitung der Gerüchte, waren gute Gründe, sie alle aus dem Weg zu räumen. Ihre Aussichten als Alleinerbin waren etwas, um das sie sich kümmern musste. 'Es war nichts Persönliches, es war rein geschäftlich' – - die Art und Weise, zu überleben, zu betrügen und zu gedeihen'.

Wie auch immer, Blake war sowieso tot, und erlöst würde er zurück in die Geisterwelt gehen.

Noch einmal schob sie den Teppich zur Seite, hob die Falltür an und brüllte hinunter:

»Blake, bist du noch da?«

»Ja«, kam eine schwache Stimme von unten hoch.

»Ich habe gefragt, weil ich dir etwas sagen muss.«

»Was denn?«

»Ich vergebe dir, Blake!«

Der grüne Schimmer wurde heller. Starke Vibrationen erschütterten das Haus, und plötzlich war alles in einem grellen blauen Licht erleuchtet. Blake war in Ehren zurückgegangen.

Draußen pulsierte das Leben in der Stadt. Leute rannten herum, Autos hupten sich ihren Weg frei. Bunte Geschäfte zeigten ihre Waren in den Schaufenstern.

Es war *das* Inverness, das sie kannte. Nur ein Haus war unbewohnt – das, wo sie gerade herausgekommen war. Die Fenster und Türen waren verrammelt, der Putz bröckelte, und das Dach hatte schon bessere Zeiten gesehen.

Sie suchte nach dem Schild an der Wand mit der Aufschrift 'Dental Chirurgie'. Da gab es aber kein Schild mit der Aufschrift 'Dental-Chirurgie', aber stattdessen eines das sagte 'Armstrong Immobilien'.

Plötzlich spürte sie starke Hände, die sie ziemlich grob schüttelten.

»Miss, sie können nicht auf dieser Parkbank herumliegen. Was machen Sie überhaupt hier?«

Ein Polizeibeamter beugte sich herunter und sah sie noch verwirrter an, als er ihre Kleider roch.

»Haben Sie in einem Pub herumgelungert, so wie Sie nach Whisky riechen?«

»Glenfiddich, bester Glenfiddich«, sagte sie.

»Haben Sie Liebeskummer, weil Sie so laut nach einem Blake gerufen haben, dem Sie vergeben wollen?«

»Blake, was für ein Blake? Ich kenne keinen Blake, Herr Wachtmeister. Sie müssen sich verhört haben.«

»Ich war nur ein wenig müde von all dem Herumlaufen und muss hier eingeschlafen sein«, sagte sie und lächelte ihn auf eine besonders freundliche Art an.

Auf der gegenüberliegenden Straße öffnete sich eine Tür, und ein Mann kam herüber.

»Es gibt große Probleme, seit Frauen in Pubs zugelassen wurden«, sagte er, ein wenig genervt.

»Wir mussten Damentoiletten einbauen; das männliche Personal muss Hosen tragen und den Kilt zu Hause lassen, weil die Frauen ihn hochheben, um zu sehen, was darunter ist. Diejenigen, die nicht nachgeben, werden immer wieder von großen Gruppen betrunkener Damen belästigt, die selbst herausfinden wollen, ob man ein echter Schotte ist. Wenn man die Gläser abräumt und die Hände voll hat, fühlt man sich da ziemlich wehrlos.«

»Diese junge Dame hier kam herein und hatte ein paar Gläser Whisky zu viel. Sie war eingeschlafen und hatte offensichtlich Albträume, in denen sie etwas von Geistern und dem Geist des Whiskys brabbelte.«

»Dann, als sie wieder halbwegs wach war, grölte sie das Lied ‚Donald Wheres Your Troosers‘ und brachte die anderen Mädels richtig in Fahrt. Als sie aber anfing, gegen die Wandvertäfelung zu hämmern, unanständige Kraftausdrücke benutzte, und sich unflätig über die Männer beklagte, die sie vom rechten Weg abgebracht haben, hatten wir schließlich genug und brachten sie an die frische Luft.«

»Erst wollte sie, stark schwankend, auf das alte Haus dort drüben zulaufen und hat und etwas von einem Zahnarztschild gesagt, das abgenommen wurde. Wir mussten sie dann mit Gewalt auf diese Bank setzen.«

»Oh, jetzt verstehe ich«, sagte der Polizeibeamte. »Ja, ich habe selbst Angst vor dem Zahnarzt und trinke vorher ein Glas oder zwei.«

»Übrigens, es gibt einen guten Zahnarzt hier in der Nähe. Er ist gerade ums Eck herum.«

»Das ist schon in Ordnung«, sagte Fiona. »Ich nehme jetzt besser den Bus nach Hause, aber vielen Dank, Wachtmeister«, und sie trottete, immer noch ein wenig wackelig, davon.